ALPHONCE

ET

AQUITIME,

OU

LE TRIOMPHE

DE LA FOY,

TRAGEDIE,

COMPOSE'E

Par Monsieur *LAROQVE-CUSSON,*
Gouverneur & Maire de Monpasier.

A BORDEAUX.

M. DCC. XXI.

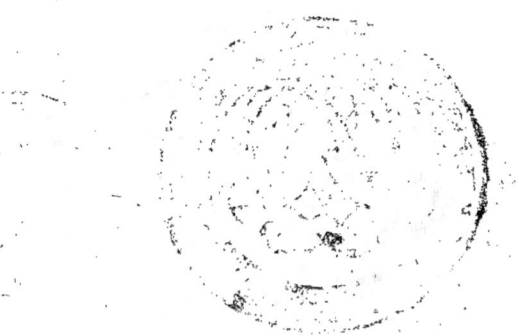

A MONSEIGNEUR
LE MARÊCHAL
DUC DE BERVVICK,
COMMANDANT EN CHEF
DANS LA PROVINCE DE GUYENNE.

MONSEIGNEUR,

IL faut être bien hardi pour expoſer un Ouvrage du goût de *VOTRE ALTESSE*; le diſcernement avec lequel Elle juge de tout eſt bien redoutable pour une Piece que j'ai l'honneur de lui offrir.

Le merite d'un ſuffrage auſſi précieux que celui de *V. A.* a tenté mon amour propre; plus il m'a paru difficille de l'acquerir, plus j'ai ambitionné cette gloire avec ardeur.

A qui pouvois-je preſenter le Triomphe de la Foy? Ce tribut n'étoit-il pas dû au zéle ardent de *V. A.* pour la Religion; à cette foy vive, à cette pieté bienfaisante, qui sanctifient toutes les vertus heroïques, dont la France & les Espagnes se sont si utilement prévaluës pour leur tranquillité & pour leur bonheur.

Je n'ose entrer là dessus dans aucun détail ; ce seroit mal servir le goût de V. A. Elle voit toujours avec une espece de chagrin les éloges que l'on donne à des vertus qu'Elle ne pratique point dans l'objet de ce retour : Fidéle à renvoyer la gloire à son legitime possesseur, Vous ne cessez de la lui raporter toute entiere, & Vous ne la cherchez jamais qu'en lui.

Je n'aurois rien à craindre des sentimens du Public, MONSEIGNEUR, si celui de V. A. m'étoit favorable ; mais c'est un avantage que je n'ose esperer, je serai trop heureux si vous regardez la Piece que je prens la liberté de vous offrir comme une marque du profond respect & de la soumission entiere avec laquelle je suis,

MONSEIGNEUR,

DE VOTRE ALTESSE,

Le trés-humble & trés-obéïssant Serviteur,
LAROQUE-CUSSON,
Gouverneur & Maire de Monpasier.

A MONSEIGNEUR
LE MARÉCHAL
DUC DE BERVVICK,
COMMANDANT EN CHEF
DANS LA PROVINCE DE GUYENNE.

SONET.

HEROS, dont la sagesse égale la fierté,
Je voudrois te louër, mais je pâlis, je tremble;
Je vois tant de grandeur & de merite ensemble,
Que mon pinceau craintif est tout deconcerté :
Les grands Hommes du tems & de l'antiquité
N'ont rien de si parfait, ni rien qui te ressemble :
En toi seul, MILORD-DUC, la nature rassemble
Tout ce qui peut conduire à l'immortalité ;
Ta valeur, ton courage & ta bonne conduite
Ont mis en divers tems nos ennemis en fuite.
     L'Europe t'a fourni des lauriers à foison :
Comme l'on ne voit rien au-dessus de ta gloire ;
     La France respectant ta Personne & ton Nom,
Te consacre un Autel au Temple de Memoire.

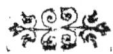

ACTEURS.

ALPHONCE, Fils aîné de Jean, Roy de Congo, Amant d'Eurinome.

AQUITIME, Frere & Rival d'Alphonce.

LEONOR, Reine de Congo, Mere d'Alphonce & d'Aquitime.

ZACUT, Confident d'Alphonce.

MACHMUT, Ami d'Aquitime, Pere d'Eurinome.

EURINOME, Fille de Machmut.

ISABELLE, Suivante de Leonor.

AGATILDE, Suivante d'Eurinome.

SOLDATS.

GARDES.

La Scene est dans la Ville Capitale de Congo.

ALPHONCE

ET

AQUITIME,

ou

LE TRIOMPHE DE LA FOY.

ACTE PREMIER.

SCENE PREMIERE.

ZACUT, MACHMUT.

ZACUT.

NON, ne me parlez plus du pouvoir d'Aquitime,
Il ne peut aspirer au Royaume sans crime ;
L'Empire de Congo n'est dû qu'à son Aîné,
Le premier fils de Jean doit être couronné :
Si, par nos justes Lois, une Reine, une Mere
Ne peut placer Alphonce au Trône de son Pere,
Ce Prince trouvera des amis dans ces lieux
Qui sçauront l'élever au rang de ses Ayeux ;
Cet Heros va monter au sommet de la gloire,
Sa valeur nous promet une entiere victoire :
Aquitime, au milieu de cent mille Soldats,
Peut perdre la bataille & trouver le trépas ;

Le Ciel est protecteur d'une juste querelle,
Le peuple pour Alphonce est encor plein de zele ;
Tout nous parle en faveur de ce brave Guerrier,
De la Couronne enfin c'est l'unique heritier :
Cette seule raison n'est que trop legitime
Pour rétablir Alphonce, & détruire Aquitime.

MACHMUT.

Quoi ! le grand Aquitime, à qui tout obéit,
Trouveroit dans Congo quelqu'un qui le trahit ?
De vos foibles Chrêtiens la troupe miserable
Oseroit-elle aigrir ce Prince redoutable ?
Non, non, ne croyez pas que le peuple aujourd'hui
Epouse l'interêt d'Alphonce contre lui ;
Le parti d'Aquitime est si fort dans cette Isle,
Qu'il gouverne à son gré la campagne & la ville,
Il ne lui manque plus que le titre de Roy,
Et vous & moi tantôt devons suivre sa loy ;
Mais pour ne rien cacher à des amis fidelles,
Zacut, je vous aprens de tragiques nouvelles :
Le seul nom de Chrêtien est suspect à l'Etat,
Nôtre ancienne croyance a repris son éclat ;
Vos Eglises bientôt vont être démolies.
Le Roy Jean en moûrant condamná vos folies,
Ses derniers sentimens doivent être suivis,
Le peuple le demande, & c'est là mon avis.

ZACUT.

Que dites-vous, Seigneur, dans cette conjoncture !
Voudriez-vous irriter le Ciel & la nature,
Et laisser cette tache à la posterité
D'avoir terni vos jours par vôtre cruauté ?
Vôtre seule vertu vous a mis dans l'estime,
Vous possedez l'oreille & le cœur d'Aquitime ;
Vos charges, vos emplois, vôtre credit enfin
Semblent vous élever au dessus du destin ;
Vous tenez dans vos mains les rênes de l'Empire ;
Mais malgré tout cela, permettez-moi de dire,

Que quand tout l'Univers fubiroit vôtre loy,
Vous combattriez en vain l'ardeur de nôtre foy;
Celui qui la foutient, tenant en main la foudre,
Peut mettre en un moment tous les mortels en poudre,
C'eft lui feul qui forma l'Homme, les Animaux,
Et tous les Habitans de la terre & des eaux.
Le Ciel roulle appuyé fur fa toute-puiffance,
Le Soleil ne reluit que par fa providence;
Ce grand Dieu qui difpofe & de vous & de nous,
Preferve fon Troupeau des atteintes des Loups,
Il nous met à l'abri des fureurs d'Aquitime,
L'Etendart de la Foy nous couvre & nous anime;
Avec ce feul appui nos fidéles Chrêtiens
Refifteront toûjours aux efforts des Payens.

MACHMUT.

O Ciel ! A quel excés le porte fa folie.

ZACUT.

Nôtre croyance enfin eft trop bien établie
Pour craindre les malheurs dont vous nous menacez,
Les deffeins mal conçûs font bien-tôt renverfez.

MACHMUT.

Cent mille hommes armez n'auront pas la puiffance
D'en reduire fix mille à leur obéiffance.

ZACUT.

Peut-être.

MACHMUT.

Vôtre Dieu viendra dans le combat
Pour regler la victoire & le fort de l'Etat.

ZACUT.

Sans doute.

MACHMUT.

Si ce Dieu fait de fi grands miracles,
S'il gouverne les Cieux & prefide aux Oracles,
S'il eft jufte & puiffant, s'il fait tout vôtre efpoir,
Pourquoi ne fait-il pas éclater fon pouvoir ?

Il devroit épargner le sang de deux grands Princes,
Et partager entr'eux le soin de nos Provinces :
Mais croyez-moi, Zacut, cette Divinité
Qui seduit tous vos sens est un être inventé.
Le Roy de Portugal vous l'a fait à sa mode
Pour introduire ici ses loix & sa methode,
C'est une invention de ce Prince rusé,
Qui veut s'assujettir un Royaume abusé ;
Il est tems desormais que Congo se r'avise,
Nos Dieux sont irritez de voir qu'on les méprise :
Nous devons apaiser ces redoutables Dieux
Par quelque Sacrifice agréable à leurs yeux.
Cette grande raison authorise Aquitime,
Il veut renouveller leur divine maxime ;
Et vous devriez, Zacut, dans cette occasion
Abandonner Alphonce ou sa Religion.

ZACUT.

Non, je ne ferai pas cette injure à ma gloire,
Vous sçavez en un mot mieux que moi nôtre histoire,
Pour établir la foy des Chrêtiens inconnus,
Le Roy de Portugal nous envoya Canus,
Qui d'un Dieu tout-puissant nous dit tant de merveilles,
Qu'il enleva nos cœurs en flatant nos oreilles ;
Le Roy, la Reine, Alphonce, aîné du Sang Royal,
Rendirent tous homage au Dieu de Portugal ;
Ce qui cause aujourd'hui nôtre malheur extrême,
Aquitime obstiné refusa le Batême :
Vous connoissez, Machmut, toutes ces veritez,
Eclairez vôtre esprit par ses propres clartez,
Embrassez une foy qui n'a rien de profane,
Et quittez une erreur que le bon sens condamne.

MACHMUT.

Vos conseils obligeans ne sont pas de saison,
L'âge n'a pas encor affoibli ma raison ;
N'aurois-je dans le monde acquis un peu d'estime,
Que pour trahir nos Dieux & le Prince Aquitime ?

ZACUT.

Expliquez-vous, Machmut, parlez ouvertement,
Je sçai trop le sujet de vôtre engagement,
La Couronne à vos yeux est un âstre qui brille,
Aquitime amoureux n'en veut qu'à vôtre Fille ;
Malgré vôtre merite, avoüez entre nous,
Qu'il aime beaucoup plus Eurinome que vous.

MACHMUT.

L'éclat du Diademe a pour moi peu de charmes,
Je suis du Sang Royal, & j'en porte les Armes ;
L'Empire est affermi par l'effort de mon bras,
Quoique le Sceptre brille, il ne m'ébloüit pas ;
Le seul respect des Dieux, & le bien du Royaume,
Aux vertus d'Aquitime acquerront Eurinome.

ZACUT.

Si mes sages avis trouvoient place chez vous,
Vous pourriez lui choisir un plus illustre Epoux.

MACHMUT.

Quel autre dans Congo pourroit-il bien pretendre
De se voir honnoré du titre de mon gendre ?

ZACUT.

Si vous ouvres les yeux, vous verrez comme moy
Qu'Alphonce est un grand Prince, & qu'il doit être Roy.

MACHMUT.

Le merite d'Alphonce est grand, je le confesse,
Mais je suis ennemi de la foy qu'il professe.

ZACUT.

On hait le plus souvent ce qu'on devroit aimer.

MACHMUT.

On estime toûjours ce qu'on doit estimer :
En un mot, c'en est fait, je parle avec franchise,
Au vaillant Aquitime Eurinome est promise.

ZACUT.

Quoy, vous êtes lié de parolle & d'honneur,
Sans avoir attendu le destin du vainqueur ?

O malheur pour Alphonce ! O difgrace imprevûë !
Mais la Reine paroît , elle me femble émûë ;
Elle vient droit à nous.

MACHMUT.
Ifabelle la fuit.

SCENE II.

ZACUT, MACHMUT, LEONOR, ISABELLE.
LEONOR.

O ciel ! en quel état mon cœur eft-il reduit.
Injuftes Partifans de deux malheureux freres ,
Que j'avois regardé comme leurs feconds peres
Depuis que le Roy Jean , mon trop fidel Epoux ,
De l'implacable mort a reffenti les coups ,
Amis , cruels amis d'Alphonce & d'Aquitime ,
N'aurez-vous point pitié du malheur qui m'oprime ;
L'authorité de Reine eft donc morte aujourd'hui ,
Je fuis dans mes Etats fans force & fans appui :
Je verrai deux Enfans , que la rage poffede ,
S'égorger dans Congo , fans efpoir de remede ;
Tout m'abandonne enfin dans cette extremité :
Et vous efprits jaloux de ma tranquillité ,
Bien loin d'avoir égard à mon cruel martire ,
Vous attifez le feu qui va brûler l'Empire.
Ah ! Zacut, Ah ! Machmut ; font-ce là les fermens
Que vous fites au Roy dans fes derniers momens.

ZACUT.
Madame , je réponds de défarmer Alphonce ;
Mais au droit de nature Aquitime renonce.

MACHMUT.
La colere des Dieux , & le bien de l'Etat ,
D'une commune voix demandent le combat.

LEONOR.
De vos Dieux irritez je fais fi peu de compte ,
Que leur nom feulement me fait rougir de honte ;

Leonor est Chrétienne, & ne le cache pas,
Le veritable Dieu pour elle a mille apas :
Allez donc respecter loin de moi vos Idoles,
Perissez dans l'horreur de vos croyances foles ;
Mais laissez-moi du moins gouverner mes enfans ;
Vous voulez la bataille, & je vous la défends ;
Souvenez-vous, Machmut, que je suis vôtre Reine,
Ne vous exposez pas aux effets de ma haine.

MACHMUT.

A suivre son devoir, Machmut est trop porté,
Pour ne pas obéïr à Vôtre Majesté ;
Vous tenez dans vos mains ma fortune & ma vie,
Je parlerai de paix, puisque c'est vôtre envie :
Mais je crains.

LEONOR.

Achevez.

MACHMUT.

Je crains avec raison
Que mes sages conseils ne soient hors de saison ;
Alphonse dans la nuit s'est jetté dans la Ville,
Pour allumer le feu d'une guerre civille ;
Chacun de vos enfans, se voulant faire Roy,
Se moquera tantôt de Zacut & de moy.

LEONOR.

Ah ! si jusqu'à ce point la fureur les emporte,
Qu'ils partagent entr'eux le Sceptre que je porte ;
Sans regret je renonce à mon authorité,
Pour conserver mon sang & ma posterité :
Si ces Princes ingrats refusent de se rendre
Aux marques d'amitié d'une Mere si tendre,
Qu'ils partagent mon cœur, le voici preparé
A recevoir le coup du plus dénaturé ;
Mais quoi, faut-il d'Alphonce injustement se plaindre ?
Aquitime, c'est toi, de qui je dois tout craindre ;
L'aveugle passion de te voir couronné
Te va faire oublier qu'Alphonce est ton aîné.

MACHMUT.

Vous faites injuſtice au grand cœur d'Aquitime.

ZACUT.

Madame, vôtre peur n'eſt que trop legitime ;
Aquitime animé par l'expoir de regner ,
Dans des ruiſſeaux de ſang brûle de ſe baigner ;
Deja de toutes parts il donne des allarmes ,
Tout ſemble ſuccomber ſous le poids de ſes armes ;
Cent mille combatans lui ſervent de rempart ,
Il brave la fortune , & ſe rit du hazart.
Alphonce abandonné , ſans force & ſans puiſſance ;
Sur la foy de ſon Dieu fonde ſon eſperance ;
Il n'a pour tout renfort que ſix mille Soldats :
On veut qu'il ſoit en ville , & je ne le crois pas.

LEONOR.

Quoi, mon cher fils , aprés une ſi longue abſence ,
Voudrois-tu me priver de ta chere preſence ,
Et dérober encor à mes tendres deſirs
Un bien qui chaque jour m'arrache des ſoupirs ?
Machmut , d'où tenez-vous une telle nouvelle ?

MACHMUT.

Madame , je l'ai ſçû par un témoin fidelle ,
Qui m'a dit avoir vû ce Prince dans la nuit
Ramaſſant des Soldats ſans lumiere & ſans bruit.

LEONOR.

Ce doit être ſans doute un effet de vos ruſes ;
Allons déveloper ces nouvelles confuſes :
Conduiſez-moi , Zacut , dans mon apartement ,
Et vous , obéïſſez à mon commandement.　　*Parlant*

MACHMUT.　　　　　　　　　*à Machmut.*

Allez, Mere affligée, allez mêler vos larmes
Avec celles d'un Fils dont vous goûtez les charmes ,
Allez avec Zacut remuer tout l'Etat ,
Tachez de détourner un funeſte combat ;
Une telle entrepriſe eſt tendre & genereuſe ,
Mais helas ! j'en prevois la ſuite malheureuſe :

Le Prince que je sers est trop ambitieux ;
Pour partager un Trône où le placent les Dieux ?
Regner seul , c'est le but d'un Potentat habille ,
S'il veut que son Etat soit heureux & tranquille :
Mais j'aperçois le Prince , il paroit en couroux.

SCENE III.

MACHMUT, AQUITIME, UN GARDE.

AQUITIME.

HEbien , brave Machmut, on trame contre nous ,
Je n'en puis plus douter , la chose est averée ,
La Reine pour mon frere est deja déclarée ;
Qu'elle en use à son gré , nous sommes assez forts
Pour braver les effets dés plus puissans efforts :
De cent mille Soldats ma tente environnée
Prépare pour Alphonce une triste journée :
Deffendez seulement nos murs & nos remparts ,
Et vous verrez bien-tôt floter mes Etendarts.
J'irai chercher Alphonce en quel lieu qu'il se cache ,
Je noircirai son front d'une éternelle tache ;
Pour me conduire au Trône & m'y prêter la main ,
La victoire aujourd'hui m'en ouvre le chemin ;
Elle doit consacrer aux charmes d'Eurinome
Le destin de mon cœur & celui du Royaume.

MACHMUT.

Quoi, vous sçachant , Seigneur, au milieu des hazarts,
Machmut sera fermé derriere nos remparts ?
J'attendrai le succés d'une grande bataille ,
Armé de tous côtez d'une épaise muraille ?
A cette lâcheté je ne puis consentir ,
Lorsque vous partirez , je suis prêt à partir ;
Par quelqu'autre que moi faites garder la Ville ,
Sans doute auprés de vous je serai plus utille.

AQUITIME.

Je ne puis confier cette place qu'à vous.

MACHMUT.

Si par un sort fatal vous aviez du dessous ,

Et que mon bras n'eut pas difputé la victoire ;
Quelle honte pour moi, Quelle tache à ma gloire.

AQUITIME.

Quand le fort contre moi fe feroit declaré,
Je trouverois en vous un refuge affuré ;
Mais je combattrois feul contre ma deftinée,
Si de Machmut la Ville étoit abandonnée :
Confiderez, Ami, que pour vous & pour moi
Vous devez accepter ce glorieux emploi.

MACHMUT.

Je veux à vos côtez fignaler mon courage,
Ma force & ma valeur furpafferont mon âge ;
Etouffez donc, Seigneur, un injufte deffein
Qui m'a plongé d'abord le poignard dans le fein.

AQUITIME.

Puifque vous le voulez, partagez ma fortune,
Allons chercher enfemble une gloire commune ;
Allons détruire Alphonce, allons venger nos Dieux ;
Allons exterminer les Chrêtiens odieux :
C'eft le premier motif qui m'oblige à combattre,
Ce font des orgueilleux que j'ai raifon d'abattre ;
Mais laiffons cette affaire à ma jufte fureur,
Et parlons un moment de celle de mon cœur :
Dois-je croire, Machmut, que le pouvoir d'un Pere
Vaincra la dureté d'une Fille fevere.

MACHMUT.

Euffiez-vous auffi-tôt vaincu vos ennemis ;
Eurinome eft à vous, puifque je l'ai promis.

AQUITIME.

Ah ! puifque mon amour trouve fa recompenfe,
Alphonce contre moi n'a donc plus de deffenfe ;
Animé par l'expoir d'un bonheur fi charmant,
Je vais vaincre encor moins en Heros qu'en Amant.
Que contre mes deffeins tout l'univers s'affemble,
Mere, Frere & Chrêtiens, uniffez-vous enfemble,
Vos efforts impuiffans ne feront qu'augmenter
Le faîte de la gloire où je m'en va monter ;

Mais joüiſſons d'un bien que mon bonheur m'aprête ;
Faites moi voir , Machmut , le prix de ma conquête ;
Satisfaite ce cœur , & qu'il me ſoit permis
D'aller voir ce que j'aime avant mes ennemis.

MACHMUT.

Seigneur , vous avez droit ſur toute ma famille,
Allez , & je vous ſui . . . Prince , voici ma fille ;
Je l'attendois ici pour lui parler de vous.

AQUITIME.

C'eſt elle , je la vois , Machmut , éloignons-nous ;
Pour ſçavoir ſi ſon cœur dément vôtre promeſſe.

MACHMUT.

J'y conſens ; mais, Seigneur , vôtre ſoubçon me bleſſe.
Ils ſe cachent à un coin du Theatre.

SCENE IV.

AQUITIME, MACHMUT, GARDE
Cachez à un coin du Theatre.

EURINOME, AGATILDE.

EURINOME.

O Dieux ! en quel état me reduit en ce jour
D'un ſi parfait Heros le funeſte retour ;
Alphonce eſt dans Congo, douce & triſte nouvelle
Tu porte dans mon cœur une atteinte mortelle ;
Agatilde, on le cherche , il eſt pris , il eſt mort ;
Ce grand Prince eſt venu faire naufrage au port :
La Reine a beau donner ſes ordres dans la Ville,
On ne l'écoute plus , ſon rang eſt inutile ;
Aquitime eſt le maître en ce lieu revolté,
Tout le peuple eſt ſoumis à ſon autorité :
Je ne vois plus ici que matieres de crainte ;
Ne demande donc plus le ſujet de ma plainte :
Tu n'as que trop apris mes ſentimens ſecrets ;
J'ai blâmé là-deſſus tes avis indiſcrets ,

Ton injuste penchant pour le Prince Aquitime,
M'a fait naître cent fois un couroux legitime;
Tu sçais que si mon cœur étoit fait pour aimer,
Alphonce auroit acquis le droit de le charmer;
C'est le seul, à mes yeux, digne de mon estime:
Mais, Dieux! il est Chrêtien, & c'est la tout son crime.
Grand Prince, c'est assés pour vous rendre odieux,
D'avoir abandonné le culte de nos Dieux.

AGATILDE.

Bien que cent & cent fois vous m'ayez rebutée,
Madame, à vous servir je suis toûjours portée;
Je me fais un plaisir de vous mettre en couroux,
Quand pour vôtre repos je vous cherche un Epoux:
Je sçai que vôtre cœur a peine de se rendre,
Il est si bien gardé qu'on ne peut le surprendre;
Goutez le doux plaisir d'aimer un seul moment,
Et puis de mon conseil plaignez-vous hautement.

EURINOME.

Ah! si d'aimer quelqu'un mon ame étoit capable,
Que tu verrois mon sort cruel & déplorable,
Mon penchant pour Alphonce auroit trop de pouvoir
Pour ne balancer pas un rigoureux devoir;
Je sens que ma raison deviendroit infidelle,
Tous mes sens revoltez seroient liguez contr'elle;
Tu sçais la vive ardeur que ce Prince a pour moi,
Mais comment accorder son amour & sa foi?

AGATILDE.

Mes justes sentimens sont differents du vôtre,
Vous me parlez d'un Prince, & je parle d'un autre;
Aquitime vous aime: enfin vous sçavez bien
Que Machmut veut unir vôtre cœur & le sien.

EURINOME.

Je sçai ce que je dois aux volontez d'un Pere;
Mais quoi, ma liberté n'est-elle pas plus chere?
Pour honnorer celui qui m'a donné le jour,
Je lui veux obéir jusques à mon amour;

Agatilde , en un mot , on ne peut me contraindre ;
Pourquoi m'aflige-tu lorsque tu dois me plaindre.

AGATILDE

Madame , je voudrois qu'on vous pût voir demain
Affise sur le Trône , & le Sceptre à la main.

EURINOME.

Lorsque tu me veras pretendre au Diademe ,
Je veux jetter les yeux sur un Prince que j'aime ;
La Couronne pour moy perdroit tous ses apas,
Si j'épousois un Roy que je n'aimerois pas ;
On ne peut être heureux que par la simpathie ;
Ah ! qu'une ardeur est lente étant mal assortie.

AGATILDE.

Qui vous rend odieux un Prince si-bien né ;

EURINOME.

De toutes les vertus il me paroit orné ,
On voit briller en lui l'éclat d'un vrai merite ,
Cependant à l'aimer rien ne me sollicite.

SCENE V.

EURINOME, AGATILDE, AQUITIME, MACHMUT.

AQUITIME. *sortant du lieu où il étoit caché.*

DIEUX ! ôtons-nous d'ici je n'y sçaurois durer ,
Machmut, quel est mon sort, & qu'en dois-je esperer.

MACHMUT.

Ne vous allarmez pas & suivez moi de grace ;
Les choses vont changer dans un moment de face.

EURINOME.

He las ! je suis perduë Aquitime est ici.

AGATILDE.

C'est lui même, Madame, & vôtre pere aussi.

AQUITIME.

Oui, toûjours à vos pieds vous me verrez , Madame,
Toûjours à vos froideurs j'opposerai ma flâme,

Quoique vous paroissiez insensible à mes feux ,
Un cœur comme le mien n'est pas moins amoureux,
Les amans de mon gout , de ma delicatesse
Ne cherchent pas d'abort tendresse pour tendresse ,
Lorsqu'un heureux destin les a mis sous vos loix,
Ils veulent soupirer , & mourir mille fois
Avant que leur ardeur ait conçû l'esperance
De recevoir le prix de leur perseverance.

MACHMUT.

Aprochez-vous ma fille , & d'un air satisfait
Repondez à l'honneur que le Prince vous fait.

EURINOME.

Mon Pere , dés long-tems je regarde Aquitime
Comme un Prince au-dessus de toute mon estime ,
J'honnore sa vertu comme il faut l'honnorer ;
C'est tout ce que je puis , & qu'il doit desirer.

AQUITIME.

Pour payer l'amitié l'estime est necessaire ,
Mais l'Amour de l'Amour est l'unique salaire ,
En vain de mes vertus vous faites quelque cas ,
Ne les estimez point , si vous ne m'aimez pas.

EURINOME.

Considerez , Seigneur , le tort que vous vous faites ,
Voyez ce que je suis , sçachant ce que vous étes.

AQUITIME.

Je suis Prince, Madame, & quand je serai Roy ,
Vous n'en serez encor que plus digne de moy ,
Vous étes au-dessus des droits de la naissance ,
Vos vertus , vos beautez , emportent la balance,
N'employez ces raisons que contre mes rivaux ,
Si l'amour nous unit , nous deviendrons égaux.

EURINOME.

La liberté du cœur est un grand avantage ,
Le mien libre & content abhorre l'esclavage ,
La jeunesse l'exempte avec juste raison ,
De ces engagemens qui sont hors de saison.

Je

AQUITIME.

Je voi bien le motif de ce malheur extrême,
Alphonce est mon rival, je le sçai par vous même.

EURINOME.

E'toufez un soupçon qui m'est injurieux,
Le seul titre d'Amant me paroît odieux.

AQUITIME.

Pourquoi dissimuler, je sçai par vôtre bouche
Que ce frere Rival est le seul qui vous touche,
Ce Tigre non content de s'en prendre à mes jours,
vient encor me troubler jusques dans mes amours,
Ah! cruel, c'est assez pour augmenter ma rage
d'avoir fait à mon cœur un si sanglant outrage;
Il faut mourir, Alphonce, avant la fin du jour,
Tu me verras armé de colere & d'amour,
Aprés m'avoir quitté le Sceptre & le Royaume,
Il faudra par ton sang me ceder Eurinome.

EURINOME.

Grand Prince revenez de vos emportemens,
Vous offensez les Dieux par de tels sentimens,
Quey, voulez-vous verser le sang de vôtre frere?

AQUITIME.

C'est mon rival, Madame, & je dois m'en défaire,
Tous les soins que pour lui fait agir vôtre ardeur,
Bien loin de le sauver, avancent son malheur.

EURINOME.

L'interêt que je prens dans ces tristes allarmés,
Ce sont de Leonor les soupirs & les larmes,
La tendresse de mere accable son esprit,
Tout nuit à la douleur, & rien ne la guerit;
Elle voit deux enfans sortis de même souche,
Sur le pied d'exercer leur naturel farouche,
Elle craint pour Alphonce, elle pleure pour vous,
Vous lui renouvellez la mort de son époux,
A ce seul souvenir, Seigneur, je vous conjure
De faire dans vos cœurs revivre la nature.

AQUITIME.

Vos avis font fufpects, je ne puis les gouter.

EURINOME.

Quelle eft vôtre furie, & qu'allez-vous tenter?

AQUITIME.

Je ne veux, ni ne puis, détourner cet orage,
La nature & le fang ont perdu leur ufage ;
Tout eft éteint en moy dans ce jour fi fatal
Il faut qu'il meure enfin ce fuperbe rival;
Oüi, je vais de ce pas chercher cette victime ,
Je vais punir Alphonce & venger Aquitime ,
Je vais vous immoler le cœur de ce Chrêtien ,
Puifqu'en vain je vous fais facrifice du mien :
Souvenez-vous du moins, infenfible Eurinome ,
Que vous feule caufez le trouble du Royaume ;
Le defir de regner n'étoit pas affez fort
Pour obliger mon bras à lui donner la mort ,
Et que fi le deftin fert aujourd'huy ma haine ,
Vôtre penchant pour lui dans le tombeau l'entrafne.

EURINOME.

Ces injuftes penchans dont vous me foubçonnez ,
Par ma propre raifon ont été condamnez ;
Le plus charmant Chrêtien n'a rien qui m'éblouïffe.

MACHMUT.

Ma fille , c'eft affez , je veux qu'on m'obeïffe ,
Gardez pour Aquitime & la main & le cœur,
L'un & l'autre fuivront le titre de vainqueur.
Il parviendra fans doute à tout ce qu'il defire ,
Quand il aura gagné la bataille & l'Empire ;
Allons donc , Prince, allons , vaincre vos ennemis :
Qui vous refiftera quand ils feront foumis?

AQUITIME.

Ma victoire, Machmut, ne peut être complete,
Si fon cœur à mon frere affure une retraite
Ah ! ne m'acablez plus par des airs rigoureux , *à Euri-*
Laiffez moi le feul bien qui refte aux malheureux ; *nome.*

ermettez moi d'aimer avec quelque esperance,
Et promettez du moins un prix à ma constance.

MACHMUT.

Alphonce est dans la Ville, & vous devez songer,
Que dans un pareil cas on n'est pas sans danger ;
N'ayez plus aujourd'huy que la gloire dans l'ame,
Et laissez à mes soins celui de vôtre flâme.

AQUITIME.

Partons, Machmut partons, je vois qu'il en est tems,
Allons nous assurer du bonheur que j'attens ;
Puisqu'il s'agit ici de courir à la gloire,
Mon amour ne doit plus retarder ma victoire.

FIN du premier Acte.

ACTE SECOND.

SCENE PREMIERE.

ALPHONCE, ZACUT, GARDE,

ALPHONCE.

NE craignez rien, Zacut, ny pour vous, ny pour moy,
Je me sens invincible, armé de nôtre foy,
Qu'un monde d'ennemis vienne pour me surprendre,
Contre ses vains efforts je sçaurai me deffendre ;
Je voi bien cependant que tout est perverti,
Peu de gens sont portez à grossir mon parti :
Les amis d'Aquitime ont ébranlé les nôtres,
La peur abat les uns & fait cacher les autres ;
Je n'ai pû ramasser que six mille Soldats,
Zacut, cela m'afflige & ne m'étonne pas :
Il faut sortir bien-tôt du sein de ces murailles,
Esperons en ce Dieu qui préside aux batailles,
S'il veut favoriser mes armes & mon bras,
Cent mille combattans ne resisteront pas.

B ij

ZACUT

Vôtre abſence, Seigneur, nous faiſoit de la peine,
Combien de tems, pour vous a ſoupiré la Reine;
Zacut, m'a-t'elle dit, en ſecret mille fois,
Je ne pûis plus ſouffrir les brigues que je vois;
Aquitime a deſſein d'uſurper la Couronne
Qu'Alphonce doit porter & que la Loy lui donne;
Tout ſemble concourir à ce lâche attentat,
On veut me dépouiller du ſoin de mon Etat;
Le peuple vient en foule agir pour Aquitime;
Mais Leonor pour lui n'a pas aſſez d'éſtime;
Je l'aime, c'eſt mon fils, autant qu'il faut l'aimer;
Et cependant, Zacut, je ne puis l'eſtimer;
Mon Epoux en mourant nomma le Prince Alphonce,
De ſa bouche on ne pût tirer d'autre reponce;
Les amis d'Aquitime eurent beau lui parler,
Il tint pour ſon ainé, ſans jamais s'ébranler:
Ce fut ſa volonté, Zacut, & c'eſt la mienne;
Il expira Crêtien comme je vis Chrêtienne:
Vous jugez bien par là du parti que je tiens.

Voila quels ont été nos ſecrets entretiens
Cependant nous craignions qu'une trop longue abſence
Du frere uſurpateur n'augmentat la puiſſance,
Nous faiſions mille vœux pour vôtre heureux retour,
Et la Reine pour vous briguoit toute la Cour.

ALPHONCE.

Pous meriter l'ardeur d'une ſi bonne mere;
Zacut, je veux en moi faire vivre mon pere;
J'adoucirai ſa perte & ſa vive douleur,
En la faiſant regner au milieu de mon cœur;
Que ſi le Ciel permet qu'Aquitime ſuccombe,
Si le funeſte ſort ſur ce malheureux tombe,
Vous verrez Leonor dans un luſtre pareil
A celui que produit la clarté du Soleil:
Nous banirons d'ici l'affreuſe Idolatrie
Qui trouble le repos de ma chere patrie;

La foi de nôtre Dieu triomphera par tout
D'un bout de nos Etats jusques à l'autre bout.

ZACUT.

Rien ne resiste au bras que le Ciel favorise ;
Il sçaura proteger vôtre auguste entreprise.

ALPHONCE.

Ce qui me perce ici de mille & mille coups,
C'est qu'il faut contre un frere armer tout mon couroux ;
La Reine par ces pleurs à la paix nous convie,
La mort de l'un des deux lui va coûter la vie ?
Je sens que la nature a peine à se trahir ;
Mais quoy, Dieu me l'ordonne, il lui faut obeir :
Ne cherchons pas ici d'excuse criminelle,
Voudrois-je resister à la voix qui m'appelle ;
C'est le Ciel qui me parle & qui veut qu'aujourd'huy
Contre mon propre sang je combatte pour luy ;
Ah ! c'est assez grand Dieu, pour mon ame soumise,
Je suis prêt à partir sans aucune remise;
J'iray pour vôtre gloire au milieu des hazards,
Je porterai par tout vos divins Etendarts ;
Vôtre bras me conduit contre des infidelles,
Je n'ai plus rien à craindre en marchant sous vos aîles;
Mais je vois qu'il est tems de sortir de ce lieu,
Je veux avant partir dire à la Reine adieu ;
Je voudrois bien encor sçavoir, s'il est possible,
Si la belle Eurinome à mes feux est sensible,
Je crains, helas ! je crains que l'absence ait éteint
Les premiers mouvemens dont son cœur fût atteint ;
Quelque rival heureux a profité peut-être
Des bontez qu'autre fois elle me fit paroître.

ZACUT.

Pour combler le malheur qui suit le sang Royal,
Un frere est devenu vôtre double rival.

ALPHONCE.

Quoy, Zacut, Aquitime amoureux d'Eurinome ?

ZACUT.

Cet amour a déja fait bruit dans le Royaume,
Personne ne l'ignore, & je suis bien surpris,
Qu'aux portes de Congo vous ne l'ayez apris.

ALPHONCE.

Que pense-t'on, Zacut, de cette amour nouvelle ?

ZACUT.

Eurinome est, Seigneur, aussi fiere que belle,
Machmut la sollicite & malgré son pouvoir ,
Aquitime ne peut lui parler ni la voir.

ALPHONCE.

Machmut est donc rangé du parti de mon frere ;

ZACUT.

Oüi, Seigneur, & Machmut n'en fait plus de mistere.

ALPHONCE.

O ! cruel Aquitime, ô ! barbare Machmut ;
Est-ce tout, achevez , contentez moi, Zacut ;
La Princesse pour moi paroît-elle sensible?

ZACUT.

Seigneur, à vôtre amour tout doit être possible,
Mais comme elle est Payenne & qu'Alphonce est Chrétien,
Vôtre cœur aura peine à triompher du sien.

ALPHONCE.

O Ciel ! que de raisons vont traverser ma flâme ,
Mille obstacles divers épouvantent mon ame ,
Je prevois les malheurs qui menacent mon sort,
Mon amour ou ma foy me vont causer la mort ;
Mon cœur sera bien-tôt le funeste Theâtre ,
Où ces deux énemis sont tous prêts à combatre ;
Helas ! que j'ai raison de craindre pour ma foy ,
Si la bonté du Ciel ne triomphe de moy.

SCENE II.

ALPHONCE, ZACUT, GARDE,
LEONOR, ISABELLE.

LEONOR.

Alphonce, mon cher fils , écoutez une mere ,
Qui ne peut sans mourir voir frere contre frere,
Quoy, vous ne voulez pas mettre fin à mes pleurs?
Ne vous ai-je nourri toûjours parmi des fleurs ,
Que pour me voir marcher au travers des épines ?
Cruels , où sont les Loix humaines & divines ?
Une mere qui prie & qui vous tend les bras,
Fait donc si peu de fruit qu'on ne l'écoute pas ;
Ah ! mon fils, soulagez la douleur qui m'oprime,
Et laissez tout le tort au barbare Aquitime.

ALPHONCE.

Madame, c'est en vain que vous parlez de paix ,
Mon cruel énemi n'en signera jamais ;
C'en est fait, ce n'est plus la saison de la tréve,
Tout ce Royaume ingrat contre moi se souleve ;
Dans ce lieu revolté, de tous vos citoyens ,
Je n'ay pû rassembler que six mille Chretiens ,
Tout le reste a suivi le parti de mon frere ,
Il va monter enfin au Trône de mon pere ;
Tout est perdu pour moi sans le secours divin,
Rien ne peut éviter ce malheureux destin.

LEONOR.

Non , non , ne craignez pas que ce cœur parricide ,
Goute jamais un bien dont il est trop avide ;
Si je puis disposer d'un Sceptre infortuné ,
Autre que vous, mon fils , ne sera couronné ;
Mais vous avez trahi par une longue absence ,
Les droits que vous donnoit vôtre illustre naissance.

ALPHONCE.

Ah ! Madame aprenez le motif glorieux
Qui m'a fait si long-tems absenter de ces lieux :

Je viens de confirmer une Province entiere,
Dans le dégout parfait de son erreur premiere,
Le Soleil de Justice a lancé ses rayons,
Et Son dy maintenant croit ce que nous croyons.

LEONOR.

Ces merveilleux progrés auront leur recompense,
Efperez, tout Alphonce, & prenez patience,
Aquitime m'aflige, & vous me confolez ;
Ne me quittez donc pas dans ces lieux défolez,
Si vous devez perir nous perirons enfemble :
Mais ce n'eft pas pour moi, c'eft pour vous que je tremble.

ALPHONCE.

Un Prince tel que moi ne peut s'épouventer,
Plus le peril eft grand, moins il doit l'éviter,
J'allois aveuglément au-devant de ma perte,
Lorfque vôtre douleur à mes yeux s'eft offerte,
Les larmes d'une Reine à qui je dois le jour,
Ses foupirs & fes vœux pour mon heureux retour,
Tout cela, fecondant ma pente naturelle,
A fufpendu l'effet d'une jufte querelle ;
Mais, Madame, il s'agit de la gloire de Dieu,
Puifque l'on veut banir les Chrêtiens de ce lieu :
Ce n'eft pas le brillant du Trône auquel j'afpire,
Non, ce n'eft pas le droit que j'ai fur vôtre Empire,
Ni le preflant défir de me voir couronné,
Qui m'excite au combat contr'un frere obftiné ;
Je pourrois lui ceder le Sceptre & ma Maîtreffe,
Mais l'interêt du Ciel eft le feul qui me preffe.

LEONOR.

Pour la belle Eurinome elle eft en mon pouvoir,
Son pere feul a droit quand il veut de la voir,
Je garde cherement cette fage Princeffe,
Qui fait par fa vertu refpecter fa jeuneffe.

ALPHONCE.

Ah ! permetez moi donc d'embrafler vos genoux,
Pour obtenir un bien qui dépend feul de vous.

LEONOR.

Je rendrai, s'il se peut, vôtre ame satisfaite;

ALPHONCE.

Faites paroître ici cette beauté parfaite,
Vous sçavez que je l'aime, & je ne puis cacher,
Qu'à ses charmans attraits je me laissai toucher.

LEONOR.

Je connois vôtre amour aussi-bien que vous même,
Je vous dis plus encor, Eurinome vous aime,
Malgré cette fierté qui brille dans ses yeux,
On voit qu'elle n'est pas insensible à vos feux;
Mais je fais trop languir le desir qui vous presse,
Isabelle, allez donc, avertir la Princesse.

ISABELLE.

Madame, j'obeïs à vos commandemens.

ALPHONCE.

O bonté sans égale; ô tendres sentimens;

LEONOR.

J'avois promis tantôt à vôtre cruel frere,
De garder un secret que je n'ai pû vous taire;
Par cet espoir flateur j'avois un peu calmé
La mortelle fureur dont il est animé.

ALPHONCE.

Qui pourra contenter ce cœur insatiable?

ZACUT.

Quand l'amour fait agir, on doit être excusable,

ALPHONCE.

On peut être amoureux sans haïr son rival.

ZACUT.

Voir deux rivaux amis, cela s'accorde mal.

SCENE III.

LEONOR, ALPHONCE, ZACUT, GARDE,
EURINOME, ISABELLE.

LEONOR.

Venez à mon secours belle & sage Eurinome,
Venez pour retablir la paix dans mon Royaume ;
Le pouvoir d'une Mere est ici limité ,
Les yeux d'une Maîtresse ont plus d'authorité ;
Venez donc soulager le fardeau qui me tuë,
Et redonner la vie à mon ame abatuë.

EURINOME.

Quel moyen d'arrêter ce torrent de malheurs ,
Si Vôtre Majesté ne peut rien par ses pleurs ?
J'unis par un devoir naturel & severe
les larmes d'une fille à celle d'une mere ,
Vous vous plaignez, Madame, & je pleure à mon tour,
C'est tout ce que je puis dans ce funeste jour.

LEONOR.

D'un semblable destin nous sentons la colere ,
Si je plains mes enfans, vous plaignez vôtre pere.

EURINOME.

Madame, je plains tout , une juste pitié
Me fait à vos chagrins partager la moitié.

ALPHONCE.

Mes cruels énemis ne seroient plus à craindre ,
Si le cœur d'Eurinome étoit fait pour me plaindre.

EURINOME.

Oüi, Seigneur, je vous plains & je l'ai déja dit ,
Ce qui touche la Reine aflige mon esprit ;
Deux freres irritez devroient avec justice,
D'un injuste courroux luy faire un sacrifice.

ALPHONCE.

Si j'étois le seul plaint je serois trop heureux ,
Mais helas! je vois bien qu'on s'aflige pour deux.

EURINOME.

Le merite de l'un & la vertu de l'autre,
font pleurer mille cœurs auffi-bien que le nôtre,

ALPHONCE.

Aquitime n'eft plus en état d'être plaint,
Puifqu'il paroît qu'on l'aime autant comme on le craint.

EURINOME.

Le refpe& que l'on doit aux Perfonnes des Princes
Les fait aimer & craindre à toutes nos Provinces.

ALPHONCE.

Je voi bien que l'abfence a tout perdu pour moy,
On oublie aifement un amant & fa foy ;
L'implacable deftein, à qui je fuis en butte,
De mes adverfitez jamais ne fe rebute,
O! fejour de Sondi, que tu me coute cher,
Achevez, Eurinome, il ne faut rien cacher.

EURINOME.

Ah ! Seigneur, moderez l'ardeur qui vous emporte,
Qu'eft - ce qui vous oblige à parler de la forte ?

ALPHONCE.

Un veritable amant ne fçauroit être heureux,
Auprés d'une beauté qui partage fes feux,
Faites de mon ardeur la mattiere d'un crime,
Tout vous parle, Madame, en faveur d'Aquitime,
Il commande, il difpofe, il a la force en main,
Rien ne balance ici fon pouvoir Souverain,
Suivez aveuglement l'éclat de fa fortune,
J'éloignerai bien-tôt ce qui vous importune ;
J'irai chercher la mort avec tant de fuccèz,
Que de mon tendre amour vous connoîtrez l'excèz.

EURINOME.

Je ne connois que trop la tendrefle cruelle
Qui m'a fait foupirer, & tout fouffrir pour elle ;
A ce feul fouvenir mon cœur eft fi troublé,
Qu'il cede à l'embarras dont il eft accablé :

J'ai des raisons enfin que je ne puis pas dire.

ALPHONCE.

Je vous entens, Madame, O disgrace ! O martire !
Quoi, pour être Chrêtien, faut-il être odieux.

EURINOME.

Pour aimer Eurinome, il faut aimer ses Dieux.

ALPHONCE.

Ah ! je vous aimerai tout le tems de ma vie,
Sans que de cette erreur ma flame soit suivie :
Le grand Dieu des Chrétiens est pour moi si charmant,
Que je veux l'adorer toujours en vous aimant ;
C'est lui qui m'a sorti du profond de l'abîme,
Il tient en main le sort d'Alphonce & d'Aquitime.

LEONOR. *Parlant à Eurinome.*

Permettez-moi de prendre interêt en ce jour
A tout ce qui regarde Alphonce & son amour.

EURINOME.

Madame, la rigueur d'un obstacle invincible
Doit finir le projet d'une chose impossible ;
Mais d'ailleurs ce n'est pas la saison des amours,
La haine a pris leur place, & commence son cours ;
Je n'entens plus parler que de guerre & d'allarmes,
Deux Princes animez ont tout mis sous les armes :
Je ne voi plus ici que des objets d'horreur,
Et la nature même est changée en fureur :
O Dieux !

LEONOR.

Vôtre raison est trop juste & trop claire,
L'on voit sang contre sang, & frere contre frere ;
L'ami contre l'ami va prendre le poignard,
A ce sanglant bouquet chacun veut avoir part.
Ah ! mon fils, étouffez un dessein qui me blesse ;
Et vous, permettez-moi d'apuyer sa tendresse : *parlant à*
Dieu, benissant l'ardeur que ce Prince a pour vous, *Euri-*
D'un amant quelque jour pourra faire un époux. *nome.*

SCENE IV.

LEONOR, ALPHONCE, GARDE, EURINOME,
ISABELLE, AGATILDE.

AGATILDE, *parlant à*

JE viens vous avertir que le Prince Aquitime, *Eurinome.*
Suivant les mouvemens du couroux qui l'anime,
S'avance, accompagné d'un nombre de Soldats;
Il vous cherche, Madame, & ne vous trouve pas;
Il murmure, & je crains l'effet de sa colere,
Si par un sort fatal il trouve ici son frere.

LEONOR.

Gardes, éloignez-vous, & vous mon fils sortez;
Helas! Princesse, helas! je crains de tous côtez.

ALPHONCE.

Quoi donc, à mon rival je cederai la place?
Je prendrai le parti que prend une ame basse?
Non, non, n'attendez pas dans cette occasion
Ce diffamant effet de ma soumission.

LEONOR.

Vous le devez, Seigneur, & je vous en conjure,
Par les droits de l'amour & ceux de la nature,
Entrez dans les frayeurs que je conçois pour vous.

ALPHONCE.

Qu'il vienne, ce Rival insolent & jaloux,
J'attendrai sans pâlir les coups qu'il me prepare;
Le ciel me sauvera des fureurs d'un barbare:
Quelque soit mon destin, il sera glorieux
Si je touche Eurinome en mourant à ses yeux.

EURINOME.

D'un si funeste objet n'accablez pas mon ame,
Seigneur, retirez-vous.

ALPHONCE.

Vous le voulez, Madame?

EURINOME.

La Reine vous l'ordonne & je vous prie auffi
De conferver Alphonce en l'éloignant d'ici.

ALPHONCE.

Ah ! puifqu'il vous eft cher , c'eft affez pour fa gloire,
Il va d'un pas certain difputer la victoire;
Le nombre d'énemis ne fçauroit l'étonner ,
Allons, Zacut , allons, vaincre & nous conferver.

ZACUT.

Je vous fuivrai, Seigneur, au bout de la carriere.

ALPHONCE. *parlant à la Reine.*

Madame, avant partir, écoutez ma priere,
Si le Prince Aquitime eft affez furieux
Pour vouloir vous ravir ce trefor précieux ,
A ce cruel deffein, qui déja m'épouvante,
Oppofez le credit d'une Reine puiffante ;
Gardez auprés de vous cet augufte dépôt ,
Je ferai mes efforts pour le revoir bien-tôt.

LEONOR.

Partez, mon fils, partez, & tirez nous de peine;
Si l'on cherche Eurinome, on trouvera la Reine.

Alphonce & Zacut fe retirent.

LEONOR.

O Ciel! fecourez moi, dans un fi grand befoin,
Vous, qui de mes malheurs êtes le vrai témoin ;
Prenez pitié, grand Dieu, des fanglots d'une mere,
Qui perd fes deux enfans, ayant perdu leur pere.

SCENE V.

LEONOR, EURINOME, ISABELLE,
AGATILDE, AQUITIME , *Troupe de Soldats.*

AQUITIME, *parlant à Leonor.*

Madame, c'eft affez, je fuis quitte envers vous ,
Je reprens ma parolle & mon jufte couroux,
Eft-ce ainfi que l'on tient fes royalles promeffes?
On veut m'empoifonner par des fauffes careffes,

Et cachant le venin sous un appas trompeur ;
On attaque en secret ma flâme & mon honneur ;
Le respect jusqu'ici me tenoit en balance,
Mais il est tems enfin de chercher ma vengence ;
O! mere inexorable, ô! Princesse sans foy,
Est-ce en me trahissant qu'on triomphe de moy ?
Je ne reconnois plus en vous de caractere,
En cessant de m'aimer vous cessez d'être mere,
Non ne m'opposez plus la nature & le sang,
Ma gloire & mon honneur tiendront le premier rang ;
Je vais les delivrer de tout ce qui les blesse,
En immolant Alphonce aux yeux de sa Maitresse ;
Oüi, cruelle Eurinome, enfin voici le jour,
Où je dois immoler un frere à mon amour.

EURINOME.

Si je suis le motif de ce crime execrable,
C'est contre mon dessein, je n'en suis pas coupable.

LEONOR.

Ah ! fils dénaturé tu ne dois accuser
Que ce mortel couroux qu'on ne peut apaiser ;
Quoy donc, c'est aujourd'huy qu'une funeste envie
Te porte à m'arracher la Couronne & la vie?
Qu'est-ce que tu promis à ton Pere, à ton Roy,
Avant que le destin l'eut separé de moy ?
Est-ce ainsi que tu veux honnorer sa memoire
Par une trahison si perfide & si noire,
Acheve, cœur ingrat, acheve ton dessein,
Enfonce ton épée au milieu de mon sein.
Fais perir sans pitié celle qui t'a fait naître,
Donne le coup mortel à qui t'a donné l'être.

AQUITIME.

Ces reproches sanglans que vous faites en vain,
Ne font pas suffisants pour arrêter ma main,
Ce n'est pas contre vous qu'elle arme sa colere,
C'est contr'un fier rival, qui fut jadis mon frere ;
Mais il perdit ce titre en se faisant Chrêtien,
Vôtre crime en cela favorisa le sien ;

Tout le peuple maudit vôtre folie étrange ;
Nos Dieux, nos juſtes Dieux, deſirent qu'on les venge ;
C'eſt donc leur interêt autant que mon amour,
Qui va punir Alphonce en le privant du jour.

Il veut s'en aller.

LEONOR, *en l'arrêtant.*

Aquitime, Aquitime, arrête ta furie,
Conſidere, cruel, qu'une Mere te prie ;
Et s'il faut à genoux implorer ta pitié,
S'il faut de mon pur ſang te donner la moitié,
Verſe le ſans rougir pour aſſouvir ta rage,
Et laiſſe-nous en paix aprés un tel ouvrage.

AQUITIME.

Tous ces pleurs affectez, que je ne puis ſouffrir,
Ne font que m'irriter au lieu de m'attendrir ;
Allez de vôtre Alphonce aplaudir le merite,
Allez où vôtre cœur vous porte & vous invite ;
Pouſſez l'offence à bout, obligez, s'il ſe peut,
La credule Princeſſe à faire ce qu'il veut ;
Donnez à mon amour les dernieres atteintes,
N'attendez plus de moi ni reproches ni plaintes ;
Ce fer terminera le cours de vos projets,
Je brûle d'en venir aux plus ſanglants effets :
Cependant, inhumaine & volage Eurinome,
Vous vous laiſſez gagner aux charmes d'un fantôme,
Dans l'oubli general des ordres de Machmut,
Vous payez mon ardeur d'un injuſte rebut :
Ah ! cruelle, eſt-ce ainſi qu'on doit traiter un Pere ?

LEONOR.

Ah ! perfide, eſt-ce ainſi qu'on reſpecte ſa Mere ?

AQUITIME.

Je n'ai que trop ſouffert vos outrages divers :
Adieu, Mere cruelle.   *Il s'en va.*

LEONOR.

Adieu, Prince pervers.

Si tu ne te rends pas au torrent de mes larmes ;
Veüille le ciel ternir la gloire de tes armes.
Grand Dieu , qui protegez le parti des Chrêtiens ,
Preservez de la mort Alphonce & tous les siens ;
Venez , chere Eurinome , allons pleurer ensemble.

EURINOME.

Madame , je vous sui ; mais helas! que je tremble.

FIN du second Acte.

ACTE TROISIEME.

SCENE PREMIERE.

EURINOME seule.

MOUVEMENS dereglez d'un cœur irresolu ;
Quand aurai-je sur vous un pouvoir absolu ?
Dois-je toûjours languir dans vôtre servitude ?
Dois-je vivre & mourir dans mon inquietude ?
O trop cruel, amour ! O funeste devoir !
Que vôtre tyranie est dure à concevoir :
Grands Dieux , qui m'écoutez , Divinitez Suprêmes,
Donnez-moi du secours contre ces deux extrêmes :
Un pere me commande & je dois obeïr,
Mais vous m'aimez Alphonce & comment vous haïr ,
Ah ! non, non contre vous ny contre vôtre chaîne ,
Je ne prendrai jamais le parti de la haine ,
Malgré mon triste sort, je sens bien qu'à mon tour ,
J'embrasserai plûtôt le parti de l'amour ;
Oüi, mon cœur, c'est assez disputer la conquête ,
Ce jour doit être enfin celui de ta defaite :
Mais Dieux ! que dira-t'on de ma legereté ?
Faut-il pour un Chrêtien perdre sa liberté ?
O ! la foible raison pour une ame charmée,
Aimons, il faut aimer, puisque je suis aimée ,

C

Puissant Dieu des Chrétiens, en qui je crois un peu,
S'il est vrai que tu sois le veritable Dieu,
Eclaire mon esprit de tes vives lumieres,
Pour soûtenir ta foy je serai des premieres ;
J'offrirai de l'encens sur tes sacrés Autels ,
Je servirai d'exemple au reste des mortels ,
Mais empechez sur tout que la Parque cruelle ,
N'interrompe le cours d'une flame si belle ;
Puisqu'Alphonce a vaincu la fierté de mon cœur ,
De tous ses ennemis il doit être vainqueur ;
Mais je vois Agatilde , elle est toute allarmée.

SCENE II.

EURINOME, AGATILDE,
AGATILDE.

LES deux Princes, Madame, ont suivi leur Armée ;
  Aquitime est parti d'un air si furieux ,
Qu'on ne pouvoit souffrir la fierté de ses yeux ;
Je l'ai vû cependant malgré son ame altiere,
Il m'a parlé de vous pendant une heure entiere :
Adieu , chére Agatilde, a-t'il dit en partant,
Mon amour me conduit où la gloire m'attend ;
Tu me verras bien-tôt maître de ce Royaume ;
J'irai vaincre , regner , & gagner Eurinome :
Il est parti, Madame, en achevant ces mots,
Je n'ai pû rien repondre à ce vaillant Heros.

EURINOME.

Que m'aprens-tu d'Alphonce , est-il en assurance ?

AGATILDE.

Il va livrer bataille avec peu d'eperance ;
Malgré sa foible troupe , il paroissoit pourtant
A la tête des siens aussi fier que content.

EURINOME.

O Dieux ! qui sans pitié voyez son infortune ,
Permettez à mon cœur de la rendre commune ;

S'il meurt, je ne sçaurois survivre à son trepas;
Grands Dieux! dans le combat ne l'abandonnez pas;
Mais ce n'est plus à vous qu'il faut que je m'adresse,
Vous êtes de faux Dieux, enfin je le confesse;
Tant de Dieux differents choquent la verité,
Je ne reconnois plus qu'une Divinité.

AGATILDE

Hélas! que dites-vous, pensez-y bien, Madame,
A quelle impieté vous porte vôtre flame.

EURINOME.

Tu n'a pas de raison d'accuser mon amour,
Puisqu'Alphonce est perdu sans espoir de retour.

AGATILDE.

Si de tous ces transports l'amour n'est pas la cause;
On peut dire que c'est presque la même chose.

EURINOME.

Oüi, j'aime, je l'avoüe, & j'ose t'avertir
Que le feu que je sens ne se peut amortir;
La disgrace d'Alphonce excite ma tendresse,
Dans son adversité mon ame s'interesse,
Et mon cœur trop sensible au merite rendu,
Ne reconnoît ce bien qu'aprés l'avoir perdu;
Dans l'inutille ardeur que sa perte m'inspire,
Ce n'est pas pour lui seul qu'Eurinome soupire,
Un plus juste motif l'oblige à soupirer,
C'est un Etre immortel qu'elle n'ose odorer;
Le grand Dieu des Chrêtiens en secret me convie
A lui sacrifier les restes de ma vie:
Ah! c'est trop demeurer dans un mortel abus,
Rendons-nous, Agatilde; & ne differons plus.

AGATILDE.

Avant vous engager dans un pareil abîme,
Faites attention au credit d'Aquitime.

EURINOME.

Dans l'état malheureux qui m'accable en ce jour,
De tout ce que je crains ce n'est que son amour;
Mais voici Leonor qui vient toute éplorée.   C ij

SCENE III.

EURINOME, AGATILDE, LEONOR, ISABELLE.

LEONOR.

GRAND Dieu, vous l'ordonnez, & je suis preparée.

EURINOME.

Dans vôtre affliction peut-on vous secourir,
Madame ?

LEONOR.

Non, ma fille, ah ! laissez-moi mourir.
J'ai perdu tout espoir en perdant mon Alphonce.

EURINOME.

Quoi donc, Alphonce est mort ?

LEONOR.

Mon chagrin me l'annonce ;
J'avois écrit tantôt à ce fils malheureux
Pour l'exhorter à fuïr un combat dangereux :
Je crains, helas ! je crois que ma lettre est perduë,
Ou du moins qu'à son frere on l'a deja renduë.

EURINOME.

Peut-être c'est en vain que vous vous allarmez.

LEONOR.

On les a vû partir l'un contre l'autre armez ;
Mais avec ce malheur, digne qu'on le déplore,
Qu'Alphonce n'a pour lui que le Dieu qu'il adore ;
Et le fier Aquitime est si fort aujourd'hui,
Que cent mille Soldats vont combattre pour lui.

EURINOME.

Le nombre bien souvent se détruit par lui-même.

LEONOR

De tous côtez, helas ! ma douleur est extrême ;
Qu'Aquitime succombe, ou qu'il soit le vainqueur,
Je sentirai toûjours le poignard dans le cœur ;
Je sens bien cependant que mon penchant l'emporte,
J'ai conçû pour Alphonce une amitié plus forte :

Si l'un des deux enfin doit perir au combat ;
Si le destin l'ordonne ou le bien de l'Etat ,
Pour adoucir le coup d'un decret si funeste,
Qu'Aquitine perisse & qu'Alphonce me reste ;
Mais d'où vient que ce Garde est si-tôt de retour ?
Alphonce a-t'il perdu la bataille & le jour ?
Parle , cruel Echo , sort de peine mon ame.

SCENE IV.

LEONOR, EURINOME, AGATILDE, ISABELLE, GARDE.

GARDE.

C'Est pour vous obéïr que je reviens , Madame,
Avant partir j'ai vû commencer le combat ;
Alphonce s'est battu comme un vaillant Soldat ;
Le nombre d'ennemis redoubloit son courage,
Ce grand Prince a long-tems disputé l'avantage :
Enfin ayant été mal secouru des siens ,
Et ne luy restant plus que trés-peu de Chrêtiens ;
J'ay vû , malgré l'effort de son bras indomptable,
Qu'on avoit entouré ce Heros redoutable ;
Il deffendoit sa vie avec tant de valeur ,
Qu'il inspiroit à tous le respect & la peur.

LEONOR.

O ! fatal Messager , n'en dis pas davantage ;
Laisse moi deviner ton funeste message ;
Grand Dieu ! se peut-il bien que vous ayez permis,
Que dans un même Sang fussent deux ennemis ;
Qu'entre mes chers enfans une injuste querelle,
Ait fomenté l'horreur d'une guerre éternelle :
O Ciel ! je me flatois de l'espoir seducteur,
Que le Dieu de la paix seroit mediateur ;
Mais je vois un peu tard les erreurs d'une Mere,
Alphonce a donc peri par la main de son frere ;

Ô lâche fratricide ! ô tigre ami du fang !
Par la perte d'Alphonce augmente-tu ton rang ?
crois-tu, barbare fils, par le meurte d'un frere,
Monter plus fûrement au Trône de ton pere?
Ah! non, n'efpere pas un bien qui n'étoit dû,
Qu'au merite d'Alphonce & qui t'eft deffendu :
Vous que je deftinois au Sceptre que je porte, *parlant à*
Puifqu'un fils inhumain me traite de la forte, *Eurinome.*
Si vous maimés encor, du moins vengez fur lui
Le crime capital qu'il commet aujourd'hui ;
Je mourrai fatisfaite avec cette efperance :
C'eft de vous feule enfin que j'attens ma vengeance.

EURINOME.

Grande Reine, il eft tems de découvrir mon cœur ;
Il n'a que trop caché l'excés de fa langueur ;
Puis qu'Alphonce a peri dans ce malheur extrême ;
Je ne refpire plus que les eaux du Baptême,
Tandis que ce grand Prince a vecû mon Amant,
Ma raifon fufpendoit ce divin mouvement,
Mon ame fe faifoit une delicateffe,
D'aller chercher la foy parmi tant de tendreffe,
Et tout ce que la grace opere dans ce jour,
Eut paffé dans Congo pour des éfets d'amour ;
A prefent je fuis libre, & je n'ai rien à craindre,
Je n'ai plus de raifon qui me puiffe contraindre,
Mon erreur eft vaincuë & je vois clairement
Que le culte des Dieux eft un aveuglement ;
Faites donc baptifer cette fauffe Payenne,
Qui ne refpire plus que le nom de Chrêtienne.

LEONOR.

Ah! ma fille, pourquoy vous rendez vous fi tard,
Alphonce à tout ceci n'aura donc point de part ?
O Ciel ! avant qu'il meure & perde fon Royaume,
Permetez luy de voir convertir Eurinome.

EURINOME.

Je ne pouvois choifir un remede meilleur,
Pour guerir Aquitime & calmer fon ardeur,

Ce foudain changement rebutera peut-être,
Les Sentimens d'amour qu'il me faifoit paroître,
Enfin j'opoferai toûjours à fon deffein.,
Les armes de la foi que j'aurai dans le fein ;
C'eft avec ce rempart que je prétends., Madame,
Jufqu'au dernier foûpir refifter à fa flâme.

LEONOR.

Si malgré la douleur qui m'ouvre le tombeau,
Je pouvois bien goûter ce miracle nouveau.
Prenant part au bonheur que le Ciel vous envoye,
Que je vous marquerois de plaifir & de joye ;
Mais, ma chere Eurinome, en l'état où je fuis,
Dieu feul peut adoucir l'exez ne mes ennuis :
Allez donc rendre grace à fa bonté fuprême,
Chaque moment eft cher quand on court au Baptême ;
Venez donc de ce pas, Eurinome, avec moy,
Unir à vôtre éclat les rayons de la foy.

EURINOME.

Dans cet heureux moment, incomparable Reine,
A vos juftes defirs, je me foumet fans peine ;
Je goûte dans mon cœur les tranfports les plus doux,
D'embraffer vôtre foi pour munir mieux à vous.

Fin du troifiéme Acte.

ACTE QUATRIEME.

SCENE I.

LEONOR, EURINOME, ISABELLE. AGATILDE, GARDE.

EURINOME.

OUy, Madame, je fens une incroyable joye,
D'avoir trouvé du Ciel la veritable voye ;
Ce miftere divin a dévoilé mes yeux ;
Le vray Dieu de mon cœur à chaffé les faux Dieux,

Les saintes verités qui m'étoient inconnuës,
A mes sens éclairés paroissent touste nuës.
Cette aveugle Eurinome a tout-à-fait changé,
De mes premiers abus mon cœur est dégagé;
Dans ces heureux momens je me sens si Chrétienne,
Qu'il n'est rien à souffrir que je ne le soutienne;
Je voi bien cependant qu'Aquitaine vainqueur,
Livrera chaque jour des assauts à mon cœur:
Et mon Pere apuyant sa tendresse importune,
Va par divers tourmens combler mon infortune;
Mais, ô Pere Payen! je suis hors de ta Loi,
Si tu pretends choquer l'interêt de ma foy.

LEONOR.

Ces nobles sentimens sont dignes d'Eurimone,
Et de celle qui doit gouverner mon Royaume;
J'espere que le Ciel pour accomplir mes veux,
Vous fera bientôt Reine & vôtre regne heureux;
Je ne regrette plus l'éclat de ma Couronne,
Ma fille, avec plaisir Leonor vous la donne;
Recevez-là de moy plûtôt que d'un cruel,
Qui monte par son crime au Trône paternel.

EURINOME.

Ce present a pour moi plus d'horreur que de charmes,
Il faudroit l'acheter par un torrent de larmes;
Regnez, regnez en paix, gouvernez vos Etats,
Avant vôtre malheur ne vous affligez pas;
Peut-être ce grand Dieu qui gouverne le monde,
Ce Maître souverain de la terre & de l'onde,
Touché par la douleur qui fait naître vos cris,
A déja réüni ces deux Princes aigris.

LEONOR.

Je pourrois esperer quelque chose d'Alphonce;
Mais à la loy du sang Aquitaine renonce,
C'est un Prince inhumain, sanguinaire & méchant,
Pour envahir le Trône il suivera son penchant;

Alphone dans ce jour doit être sa victime ;
Ah ! que le Sceptre est cher quand il coûte un tel crime.
On entend du bruit à la porte.

SCENE II.

LEONOR, EURINOME, ISABELLE,
AGATILDE, GARDE, SOLDAT.

SOLDAT.

J'AY quitté l'éminence où l'on m'avoit posé,
Pour donner un avis à Vôtre Majesté ;
J'ai vû le grand Alphonce

LEONOR.

O Ciel !

SOLDAT.

couvert de gloire ,
D'un monde d'ennemis remportant la victoire ;
Les Soldats d'Aquitime étant demi-vaincus ,
S'avancent vers la Ville , & ne resistent plus ;
C'est merveille de voir une si grosse Armée
Devant si peu de gens se reduire en fumée :
Aquitime a paru de divers coups blessé ,
Tâchant de r'allier ce grand Corps dispersé ;
Mais malgré sa valeur & sa rare conduite ,
Il n'a fait qu'augmenter la honte de sa fuite ;
Un nombre si confus de Bataillons épars ,
Tant d'Escadrons rompus , tant de lâches fuyards
Qui sont venus en foule aux portes de la Ville ,
Pour chercher vainement un favorable azile ;
Tout cela marque assez qu'Aquitime est défait ,
L'apparence le veut aussi-bien que l'effet.

LEONOR.

Grand Dieu ! si vous avez exaucé ma priere ,
Que dois-je à vos bontez , O trop heureuse Mere !

SCENE III.

LEONOR, EURINOME, ISABELLE, AGATILDE, ALPHONCE, GARDE, SOLDAT.

ALPHONCE *parlant à Leonor.*

MAdame j'ay vaincu l'Ennemi de la Foi,
Le maître des combats a combatu pour moi,
Je viens vous anoncer cette heureuse nouvelle,
N'ayant pû me servir d'un témoin plus fidelle.

LEONOR.

O nouvelle agreable ! ô message bien doux !
Ah ! mon fils que de pleurs ai-je versé pour vous.

ALPHONCE.

Je me suis vû souvent en danger de ma vie,
La fureur des payens l'avoit déja ravie ;
Mon courage faisoit des éforts superflus,
Mes Soldats renversés ne me secouroient plus,
Chaque objet à mes yeux s'étoit rendu funeste,
Lorsque j'ai vû du Ciel le secours manifeste,
J'avois fait retentir dans un si triste état,
Le nom de ce grand Dieu qui preside au combat ;
Dans le tems que j'ai crû mon salut impossible,
J'ai reçû le renfort de son bras invincible ;
Les Chrétiens ranimés pleins de zélle & de foy,
Ont fait naître par tout le désordre & l'éfroy :
Enfin pour achever cette heureuse avanture,
Je me suis vû vainqueur sans aucune blessure,

LEONOR.

Dites tout, cher Alphonce, Aquitime est-il mort?

EURINOME.

Helas ! Pauvre Machmut, quel doit être ton sort ?

ALPHONCE.

Madame, j'ai pris soin de sauver vôtre pere,
Et j'ai fait mes éforts pour conserver mon frere,
Vous allez voir bien-tôt Aquitime & Machmut,
Ils sont entre les bras du genereux Zacut.

EURINOME.

Ils sont donc prisonniers?

ALPHONCE.

La guerre ainsi l'ordonne.

EURINOME.

Ah! Prince trop cruel!

ALPHONCE.

Que ce transport m'étonne;
Dans le tems que mon bras croit avoir tout soumis,
Je trouve encor ici de puiſſans énemis;
Quel ſera donc, helas! le fruit de ma Victoire?

LEONOR.

Vous ſerez couronné de bonheur & de gloire;
Le Ciel étant l'auteur de vos travaux guerriers,
A béni vôtre amour au milieu des lauriers;
Mon cher fils, en un mot, Eurinome eſt Chrétienne,
Et ſa religion eſt conforme à la mienne.

ALPHONCE.

Juſte Ciel! quel prodige, & queſt-ce que j'entens;
Verrai-je dans ce jour tous mes deſirs contens.

EURINOME.

Oüi, Seigneur, il eſt vrai, j'ai reçû le bâtême;
Je rends graces au Ciel de ce bonheur extreme;
Mais lorſque j'ai goûté les charmes de la foy,
Je n'ai rien fait pour vous en travaillant pour moy.

ALPHONCE.

Faiſiez vous cette injure à l'ardeur qui m'enflâme.

EURINOME.

Eurinome, Seigneur, ſeroit digne de blâme
Si le ſacré motif qui guide ſa raiſon,
Permetoit à ſon cœur la moindre liaiſon.

ALPHONCE.

Je n'ai donc point de part à ce divin ouvrage?

EURINOME.

L'ombre d'Alphonce mort avoit cet avantage.

Mais Alphonce vivant,

ALPHONCE.

Que dites vous helas !

Ah ! que n'ai je souffert un glorieux trépas,
Puisque ce seul moyen me rendoit agreable.

LEONOR.

Vôtre malheur ici n'est pas fort déplorable,
Il n'est pas mal-aisé d'adoucir vôtre sort,
Le vivant sera-t'il moins heureux que le mort,
Lorsqu'on a du dernier aprouvé la tendresse,
Pour le premier, helas ! bien-tôt l'on s'interesse :
Goutés vôtre victoire avec tranquillité,
Rien ne doit traverser vôtre prosperité,
Ramenez dans ces lieux la joye & les délices,
Remettez les vertus à la place des vices ;
Meritez le bonheur qui vous fait triompher,
En preservant Congo du pillage & du fer ;
Allez, mon fils, sauver la veuve & le Pupille,

ALPHONCE.

Ne craignez rien, Madame, à l'égard de la Ville :
Nul autre que Zacut n'entrera dans ce lieu,
Comme je n'ay cherché que la gloire de Dieu,
Ce n'est pas dans le sang de vos Sujets rebelles,
Que je veux me venger de leurs trames cruelles,
Je ne regarde plus mes propres interêts,
Je dois à ce Dieu seul l'éclat de mes progrés ;
Et puis qu'il a rendu ma victoire complette,
Je veux luy consacrer la faveur qu'il m'a faite :
Pour vous mieux expliquer mes justes sentimens,
Je veux de nôtre Foy bâtir les Fondemens,
Unissans mon Triomphe au lien de la Patrie,
J'en veux entierement banir l'Idolatrie.

LEONOR.

Ce dessein est si beau qu'on ne peut le blâmer ;
Mais j'entends quelque bruit

ALPHONCE.

Pourquoi vous allarmer ?

C'eſt ſans doute Zacut qui conduit Aquitime.

LEONOR.

O Ciel ! il porte bien la peine de ſon crime.

SCENE IV.

LEONOR, EURINOME, ALPHONCE,
AGATILDE, ISABELLE, ZACUT,
AQUITIME, MACHMUT, GARDE
SOLDAT, ZACUT, *conduiſant Aquitime bleſſé.*

LEONOR.

Zacut, en quel état me rendez-vous mon Fils ?

AQUITIME.

Voici, cruelle Mere, un funeſte débris
Tes vœux ſont éxaucez, j'ai perdu ma Couronne,
Alphonce eſt triomphant, la gloire l'environne ;
Mes perfides Soldats, bien-loin de m'obéïr,
Par tes lâches conſeils viennent de me trahir ;
Tout avoit conſpiré contre ma deſtinée :
Hé-bien, accompliſſez cette triſte journée,
Uniſſez de concert, en verſant tout mon ſang,
La perte de ma vie à celle de mon rang.

ALPHONCE.

Le déplorable état où je vous voi, mon frere,
Deſarme mon couroux, & touche vôtre Mere ;
Ne plaignez pas le rang que vous avez perdu,
Si cela vous afflige, il vous ſera rendu ;
De nos malheurs paſſez effaçons la memoire,
Partageons entre nous le prix de ma victoire ;
Rapellons tous les droits de la fraternité,
Mais ne combattez plus contre la verité ;
Adorez avec moi cette Divine Eſſence,
Qui vous a fait ſentir les coups de ſa puiſſance,
C'eſt d'Elle que je tiens la palme & le laurier.

AQUITIME.

Ah ! ne té couvre pas d'un ſi foible bouclier,

Sçache que tu ne dois le succés de tes armes
Qu'au désordre causé par nos fausses allarmes ;
L'insigne trahison de mes lâches Soldats
T'a donné la victoire & sauvé du trépas ;
Ne m'allegue donc plus ton Dieu ni sa puissance,
J'en fais si peu de cas que son seul nom m'offence ;
Je sçaurai preferer un trépas glorieux
Au regret éternel d'avoir trahi nos Dieux.

MACHMUT.

C'est assez balancer , grand Prince , il faut se rendre ,
J'ai vû dans le combat ce qui va vous surprendre.

AQUITIME.

Quoi , Machmut , vous voulez m'abandonner aussi ?

MACHMUT.

Avant me condamner , Prince , écoutez ceci ;
J'ai crû long-tems pour vous la bataille gagnée ,
Du reste des Chrêtiens , la troupe environnée ,
Alloit subir le sort d'un combat inégal ,
Quand par un changement aussi prompt que fatal ,
Au milieu du combat une terreur soudaine ,
A dispersé d'abord nos Soldats dans la pleine ;
Mon exemple , mes soins , & mon air menaçant
N'ont pû faire cesser ce désordre naissant ;
Enfin dans un instant , Alphonce plein de gloire ,
A son propre vainqueur a ravi la victoire.
Seigneur , ne croyez pas que ce soit le destin
Qui vous a fait tomber la palme de la main ;
L'ennemi contre vous eut manqué de deffense ,
Et vous auriez vaincu sa foible resistance ,
Si le Dieu des Chrêtiens , que vous n'adorez pas ,
N'eut armé contre vous la force de son bras :
Ah ! ne resistons plus à la verité même ,
Abjurons nos faux Dieux , & courons au bâtême.

AQUITIME. *parlant à Machmut.*

O monstre d'infamie & d'infidelité !
Tu me vas donc trahir dans mon adversité ,

Lâche & traître Machmut , par ta foiblesse extrême ;
Tu veux perdre ta fille en te perdant toy-même ;
O parjure viellard ! que m'avois-tu promis !
Tes amis , malheureux , font donc tes ennemis ;
Il faut suivre le Char traîné par la fortune :
Abandonne cruel ma difgrace importune ,
Tu me verras mourir content de mon deftin ,
Si ta fille resiste à ton mauvais deffein.

EURINOME.

Seigneur , j'ai devancé les ordres de mon pere.

AQUITIME.

Dis , perfide , plûtôt les defirs de mon frere :
O Dieux ! qui recevez tant d'outrages divers ,
Ouvrez dans ce moment le fein de vos enfers ,
Engloutiffez Congo dans des profonds abîmes ,
Pour venger vôtre gloire & punir mille crimes.

ALPHONCE.

Aquitime , arrêtez ces tranfports furieux ;
L'exemple de Machmut vous doit ouvrir les yeux ;
Vous me faites fouffrir mille cruelles peines ,
Lorfque je voi ce fang qui coule de vos veines ;
Ce fang que je prefere au plus fublime rang.

LEONOR.

Le fang qu'il verfe , helas! c'eft nôtre propre fang.

AQUITIME.

D'une feinte pitié ne venez pas encore
Seduire impunement un cœur qui vous abhorre :
Mere , Frere & Maîtreffe , ennemis rigoureux ,
Qui vous jouez ici d'un Prince malheureux ,
Tigres dénaturez , pour affouvir la rage ,
Qui vous pouffe à me faire outrage fur outrage ,
Inventez mille maux pour me faire perir ;
En vain , cruels boureaux , vous me ferez fouffrir ,
Du courroux de nos Dieux je ferai la victime ,
Puifqu'ils ont droit acquis fur le fang d'Aquitime :
Mais ce fang que je perds depuis un fi long-tems ,
Ce fang qui me conduit au trépas que j'attens ,

Ne reproche-t'il pas au Ciel plein d'injuſtice,
De ſon ordre immortel le funeſte caprice :
He , quoi j'ai combatu pour la gloire des Dieux,
Ne font-ils rien pour moi, quand j'ai tout fait pour eux;
Sçachons en ma faveur ce qu'ils peuvent reſoudre;
O ciel ! pour recompenſe , ils me lancent la foudre,
Il n'offrent à mon choix que cent gouffres divers,
Je ſuis precipité dans le fonds des enfers ;
Mes yeux ſont obſcurcis par l'horreur des tenebres,
Ils ne diſcernent plus que des objets funebres :
Ah ! Tyſiphone étein ton barbare flambeau ,
Ne vien point m'éclairer dans la nuit du tombeau ;
Mais quoi , tout diſparoît , & mon malheur extrême
Me rameine en des lieux plus noirs que l'enfer même :
Ah ! fuyons ces objets qui n'ont que trop joüi
de l'extrême rigueur de mon ſort inoüi,
Il faut leur dérober le fruit de leur victoire ,
Mon ſang aſſez long-tems a cimenté leur gloire.
Allons , Zacut, allons, qu'on m'ôte de ces lieux,
Et ſi je dois mourir , mourons loin de leurs yeux.

On le r'amene.

LEONOR.

Zacut , je vous remet le ſoin de ſa perſonne.

ZACUT.

Mon zele ajoûte aux Loix qu'une Reine me donne;

LEONOR.

O Ciel! vit-on jamais un tel aveuglement ?

MACHMUT.

Pour guerir ſon erreur il ne faut qu'un moment,
Celui qui m'a tiré du profond de l'abîme,
A le bras aſſez fort pour ſauver Aquitime.

ALPHONCE.

Quand on a du mépris pour ſa Divinité,
Il nous laiſſe perir dans nôtre obſcurité :
C'eſt un Dieu ſi jaloux de ſa gloire éternelle,
Qu'il veut que tout l'adore & reſpire pour elle ;
Mais quoi, voicy Zacut qui paroît tout ſurpris.

SCENE V.

LEONOR, EURINOME, ALPHONCE,
MACHMUT, AGATILDE, ISABELLE,
ZACUT, GARDE.

ALPHONCE *parlant à Zacut.*

D'Où vient cette frayeur ?

LEONOR.

Hebien que fait mon fils ?

ZACUT.

Il se plaint, il murmure ; il va jusqu'au blasphême ;
Tantôt contre ses Dieux ; tentôt contre lui-même ;
Et par un desespoir qui n'a pas de pareil,
Il refuse à ses coups le premier apareil ;

LEONOR.

Pour le sauver helas ! qu'est-il que je ne fisse?

ALPHONCE.

Faites le Roy, Madame, & qu'il se convertisse.

ZACUT.

Le Trône maintenant ne sçauroit le tenter ;
Je sçai l'unique endroit qui peut le contenter,
des plus rares tresors qui soient dans le Royaume ;
Il feroit moins de cas que des yeux d'Eurinome.

ALPHONCE.

Dieux !

ZACUT.

Vous venez de vaincre un Prince redouté ;
Il faut le vaincre encor de generosité.

ALPHONCE.

Le rendre possesseur des charmes d'Eurinome.

ZACUT.

Les efforts genereux sont dignes d'un grand homme!

ALPHONCE.

Ah ! cruel ami, par quel motif fatal,
Me vouloir immoler pour plaire à mon rival ?

D

N'aurai-je fur mon front imprimé tant de gloire,
Que pour perdre Eurinome en gagnant la victoire?
Princesse, je le veux, si vous y consentez,
Je vais perdre le jour, puisque vous me l'ôtez;
Vous n'avez qu'à parler, que vôtre bouche ordonne
Je suis prêt à livrer ma vie & ma couronne.

EURINOME.

Prés d'un Pere, Seigneur, je suis sans volónté;
Et que demandez-vous à mon cœur agité?

ALPHONCE.

Dans un si triste état on doit fuïr le mistere,
Et vous pouvez parler sans blesser vôtre pere.

EURINOME.

Puisque le respeçt veut que je ne parle pas,
Vous devez m'épargner ce facheux embarras.

ALPHONCE.

Le respeçt bien souvent tient de l'indiference,
Seroit-ce la raison qui fait vôtre silence;
Madame, finissons un combat qui me nuit;
Dois-je vivre ou mourir, à quoy suis je reduit?

MACHMUT.

Pour repondre à l'honneur qu'on fait à ma famille,
Seigneur, permettez moi de parler pour ma fille:
Aprés avoir blanchi dans les travaux Guerriers
Et gagné pour Congo mille fois des lauriers;
Faut-il qu'un seul moment ravisse mon estime?
Aquitime, pour moi, n'est-il plus Aquitime?
J'ai donné ma parole à ce Prince aujourd'hui,
Et s'il se fait Chrêtien Eurinome est à lui.

ALPHONCE.

Quoi; mon bonheur dépend du refus de mon frere;
Mon esperance est vaine au moment qu'il espere,
A ce pris je renonce aux plaisirs les plus doux;
Preferez Aquitime, il est digne de vous:
Mais que je sois assez ennemi de moi même,
Pour pouvoir consentir à ce malheur extrême;

C'eſt un éfort, Machmut, au-deſſus de mes ſens;
Ah! ne m'acablés plus par des traits ſi puiſſants,

LEONOR.

Alphonce, c'eſt ici qu'il faut faire paroître
L'ardeur de vôtre cœur pour l'auteur de ſon être,
Preferez donc, mon fils, dans ce triſte moment,
Le devoir d'un Chrêtien à celui d'un amant.

ALPHONCE.

Juſte Ciel! qu'elle épreuve à mon ame charmée?
Pourrois je vous quitter ô beauté trop aimée,
Non, je ne me ſens pas un courage aſſés fort,
Pour mourir aujourd'huy d'une ſi rude mort:
Vous perdre pour toûjours, ah! je ſens bien, Madame,
Qu'en vous perdant je pers le repos de mon ame;
Enfin, chere Eurinome, un cœur comme le mien,
Dans ce cruel état ne peut reſoudre rien;
J'ai beſoin du ſecours d'une force ſuprême
Et je vais l'implorer, helas, contre moi même. *il s'en va.*

LEONOR.

O Ciel! Je croyois perdre un ſeul fils malheureux,
Je me vois en danger de les perdre tous deux.

FIN du quatriéme Acte.

ACTE CINQUIE'ME.
SCENE PREMIERE.
ALPHONCE.

TRiomphes de mon bras, beau ſuccez de mes Armes,
Qui ſemblez m'élever au plus ſublime rang,
Aprés avoir verſé du ſang,
Faut-il verſer un déluge de larmes?
Que me ſert-il, helas, d'être proclamé Roy,

Si je ne puis porter la Couronne de Gloire,
Et dois-je me vanter d'une vaine Victoire
Lorsque mes passions vont renverser ma foy?
    Je sens que mon amour, ce tiran domestique,
Se veut attribuer tous les droits de mon cœur,
        Et cet invincible vainqueur,
Luy fait sentir son pouvoir tiranique :
C'est un Maître absolu qui veut faire la Loy ;
Quel moyen d'éviter ses atteintes secretes :
O Ciel ! que deviendront mes illustres conquêtes,
Si ce terrible amour l'emporte sur ma foy?
    Quand l'homme auroit passé tout le tems de sa vie,
Dans des heureux transports pour le souverain bien,
        Eût-il rempli l'Etat Chrêtien
Des traits brillants au-dessus de l'envie,
Eût-il enfin toûjours fait respecter en soy
Du plus parfait Heros l'auguste caractere,
Tout cela ne seroit qu'une vaine chimere,
S'il laissoit éclipser un rayon de sa foy :
Solides vérités qui confondez mon ame,
Laisserez-vous encor chanceler ma vertu ?
        Mon cœur, c'est assés combatu,
Le Ciel s'opose au feu qui vous enflâme :
Cedez, mon cœur, cedez, rendez-vous avec moy,
Oublions Eurinome, & sauvons Aquitime ;
Faisons de nôtre amour une sainte victime,
En laissant triompher l'ardeur de nôtre foy

SCENE II.

ALPHONCE, ZACUT.
ZACUT.

Seigneur, je vous annonce une triste nouvelle,
Aquitime est perdu sa blessure est mortelle,
C'en est fait, soyez sûr qu'avant la fin du jour,
Ce Prince cessera de troubler vôtre amour.

ALPHONCE.

Qu'il le trouble toûjours & qu'il vive, il n'importe,
Ma foi sur mon amour en ce moment l'emporte ;
Ces rivaux dans mon cœur ont long-tems combatu,
Mais enfin, cher Zacut, je cede à ma vertu ;
Allez donc consoler un trop malheureux frere
Dites-lui de ma part qu'il vive & qu'il espere.

ZACUT.

O Ciel ! quel changement ;

ALPHONCE.

Allez, Zacut, allez.

ZACUT.

Seigneur, j'obeïrai puisque vous le voulez.

ALPHONCE. seul.

Je vais donc remporter la plus grande victoire
Qui puisse d'un mortel éterniser la gloire ;
Et je vais devenir le plus heureux des Rois,
puisque je sçai ranger mes desirs sous mes loix :
N'attens aucun retour des éfets de ma flàme,
Amour, un feu divin vient d'embraser mon ame ;
Mais je vois Eurinome, ah ! destin rigoureux ;
Quoy, pourrai-je la voir sans paroître amoureux ?
Non, non, brisons les nœux d'une nouvelle chaine,
Des feux comme les miens se rallument sans peine ;
L'afront que mon amour a reçû de ma foy,
Lui doit être annoncé par un autre que moy ;
Mais je ne puis, helas ! pour comble de disgrace,
M'arracher de ces lieux, quelque éfort que je fasse ;
En vain je me propose un motif glorieux,
Eh, pourrai-je braver le pouvoir de ses yeux?

SCENE III.

ALPHONCE, EURINOME, AGATILDE,

EURINOME.

JE ne me trompe point c'eſt Alphonce lui-même,
Il eſt ſeul & reveur.

ALPHONCE.

O tiranie extrême ;
Je me ſens attirer par un penchant flâteur ,
Je cède aux traits charmants d'un regard ſeducteur ;
Grand Dieu ! qui lui donnez de ſi puiſſantes armes,
Donnez moi les moyens de combatre ſes charmes.

EURINOME.

Ah ! fuyons ;

ALPHONCE.

Eurinome arrrêez un moment ,
Pouvez vous craindre , helas , un malheureux amant :
Songez que l'on ne fuit que ce que l'on redoute ,
L'amour ne vous a pas enſeigné cette route ;
Et je ſuis aſſuré que nous pouvons nous voir ,
Vous ſans émotion , comme moi ſans eſpoir.

EURINOME.

Alphonce jugez mieux de ma reconnoiſſance,
Et recevez le prix d'une noble conſtance ;
La victoire aujourd'hui vous couronne vainqueur ,
L'amour à ce triomphe ajoûte encor mon cœur.

ALPHONCE.

Juſte ciel !

EURINOME.

Il eſt tems de vous ouvrir mon ame ;
J'ai toûjours partagé l'ardeur de vôtre flame,
Depuis le premier jour que vos ſoins m'ont apris
Que vous étiez pour moi ſincerement epris ;
En vain de cet amour j'ai voulu me deffendre ,
Mon cœur m'a toûjours dit qu'il valoit mieux ſe rendre,

ALPHONCE.

Ah! cet aveu charmant que j'ai tant souhaité
Me fait un vrai malheur de ma felicité.

EURINOME.

C'eſt à vous maintenant à m'obtenir d'un Pere ;
Et vaincre le penchant qu'il a pour vôtre Frere ;
Mais quoi, vous vous troublez, cet aveu que j'ai fait
Produiroit-il en vous ce ſurprenant effet ?

ALPHONCE.

Ne vous repentez pas d'un tel aveu, Madame,
Sa douceur étoit dûë à ma premiere flame ;
Mais déplorez l'état de mon ſort rigoureux,
Je ſuis aimé, Madame, & ne puis être heureux.

EURINOME.

Qu'entens-je, juſte ciel ! quoi vôtre ardeur cruelle
N'attendoit du retour que pour être infidelle ?

ALPHONCE.

Le violent amour qui m'attachoit à vous
Par un trop grand excés a fait un Dieu jaloux ;
Cet amoureux penchant m'a tenu lieu de crime,
Pour m'en punir, helas ! il m'opoſe Aquitime :
Ce grand Dieu me preſente un Frere infortuné,
Que ſa bouche divine a deja condamné ;
Pour conſerver ce Frere, il faut que j'abandonne
Un bien qui m'eſt cent fois plus cher que la Couronne ;
J'interomps mon repos ; j'immole mon bonheur,
Je ſacrifie enfin la moitié de mon cœur :
Helas ! que n'offroit-on à ce cœur qu'on déchire
Ou le choix d'Eurinome ou celui de l'Empire.

EURINOME.

N'affectez point, Seigneur, des regrets ſuperflus ;
Dites ſans balancer que vous ne m'aimez plus :
Je ne veux point ici vous traiter de parjure,
J'aime mieux oublier, que de punir l'injure ;
Le prix de vôtre cœur ne m'étoit précieux
Qu'autant qu'il éclatoit par de ſinceres feux :

Je dois à quelque objet , dont vôtre ame eſt epriſe ;
Ce changement honteux que ma fierté mépriſe.

ALPHONCE.

Ne croyez point qu'Alphonce ait le cœur aſſés bas
Pour devenir ſenſible à de nouveaux apas ;
Helas ! quelle beauté pourroit payer , Madame ,
Cette perte qu'en vous fait aujourd'hui ma flame.

EURINOME.

Non , la perte qu'il fait ſi volontairement
Ne laiſſe aucun regret dans le cœur d'un Amant ;
Allez , Prince parjure , allez où vous apelle
Le cœur impatient d'une Amante nouvelle ;
Portez ailleurs un bien qui n'étoit dû qu'à moi ;
N'ayez aucuns remords , je vous rends vôtre foi ;
D'un ſi noir changement je ſerai la victime ,
J'épouſerai plûtôt le tombeau qu'Aquitime.

SCENE IV.

ALPHONCE, EURINOME, AGATILDE, ZACUT,

ZACUT

VOTRE Frere , Seigneur, vient d'expirer , helas !
Tous nos efforts n'ont pû l'arracher au trepas ;
Nos vains empreſſements, joints à ceux de la Reine ,
Vos bontez , rien enfin n'a pû dompter ſa haine ;
Il m'a jetté d'abord des regards furieux ,
Menaçant mon emploi de la bouche & des yeux ;
J'ai fremi de le voir ſi rempli de furie ,
Enfin il eſt peri dans ſon idolatrie.

ALPHONCE.

Grand Dieu ! de qui je crains le trop juſte couroux ,
Mes ſoupirs pour mon frere iront-ils juſqu'à vous ?
Enfin , belle Eurinome , un malheur ſi funeſte
De mes jours glorieux vous conſacre le reſte ;

Aquitime

Aquitime mourant, par un juste retour,
Me remet tous les droits d'un si parfait amour.

EURINOME.

Bien que le triste sort de ce malheureux Prince
Doive être regretté de toute la Province,
Je goûte cependant quelque joye aujourd'hui
De me voir dégagée & de vous & de lui.

ALPHONCE.

O ! cruels sentimens, O ! barbare reponse ;
Alphonce n'est-il plus pour vous le même Alphonce ?

EURINOME.

Vôtre cœur inconstant n'a pû se démentir,
Qu'espere-t'il de moi par un faux repentir ?
Adieu, Prince, il est tems que je quitte la place,
Je vais tâcher du moins de vaincre ma disgrace.

ALPHONCE.

Arrêtez, Eurinome, où voulez-vous aller ?
Ciel ! plus injustement pouvez-vous m'accabler ?

SCENE V.

LEONOR, ALPHONCE, MACHMUT,

EURINOME, AGATILDE.

LEONOR.

SOYEZ sensible, Alphonce, à la perte d'un Frere,
Partagez la douleur qui perce vôtre Mere ;
Plaignons, plaignons ensemble un Prince infortuné,
Qui seroit trop heureux s'il n'étoit jamais né.

ALPHONCE.

Tout ce que la nature exige de plus tendre
D'un cœur comme le mien, vous le devez attendre ;
Oüi, je plains Aquitime autant que je le dois,
Il vivroit pour regner s'il étoit à mon choix.

E

LEONOR.

Rendons à son tombeau les honneurs qu'il merite ;
Qu'un regret éternel envers lui nous aquite.

ALPHONCE.

A ce funebre soin je vais me disposer ;
Mais le couroux du Ciel ne se peut apaiser ,
Il faut que le carreau tombe encor sur ma tête ;
Par l'excés des rigueurs qu'Eurinome m'apréte.

EURINOME.

He quoi , lorsqu'il s'agit de verser mille pleurs ;
Vous paroissez sensible à des petis malheurs !
Pleurez , Seigneur , pleurez la mort de vôtre frere ;
Et ne vous plaignez point d'une perte legere.

ALPHONCE.

Cette perte legere est trop chere à mon cœur ;
Pour en sentir l'effet sans mourir de douleur ;
En un mot , je m'en plains comme d'un mal extrême ;
Dont je ne puis guerir que par la cause même.

LEONOR.

A travers les sanglots , les larmes & les cris ;
Trop funestes emplois de nos cœurs attendris ;
Malgré ce juste deüil , Je vois bien , Eurinome ,
Qu'il est tems de songer au bien de ce Royaume ,
Puisque la cruauté des destins ennemis
M'a ravit Aquitime , & que Dieu l'a permis ;
Il faut sans murmurer contre ce coup funeste ,
Me consoler d'un Fils dans celui qui me reste ;
Machmut vous sollicite à cet himen heureux ,
L'Etat comme l'amour en alluma les feux.

MACHMUT.

Recevez cet Heros que la gloire environne ;
Ma fille , je le veux , & la Reine l'ordonne.

EURINOME.

Non , mon Pere , aprenez qu'en ce fatal moment
Je ne puis regarder Alphonce pour Amant.

ALPHONCE.

Avec quelle rigueur, trop cruelle Princeffe,
Accablez-vous un cœur pour vous plein de tendreffe?

MACHMUT.

Puifqu'Alphonce eft content, ma fille, rendez-vous,
S'il n'eft plus vôtre Amant, il fera vôtre Epoux.

EURINOME.

Faut-il que je me donne à ce Prince volage,
Qui dégage fon cœur auffi-tôt qu'il l'engage?

ALPHONCE.

Ah! ne vous plaignez pas d'un pareil changement,
Si mon cœur a changé, c'eft pour Dieu feulement,
La plus rare beauté qui foit dans la nature,
N'auroit pû triompher d'une flame fi pure.

MACHMUT.

Ah! c'eft trop combatu, ma fille, obéïffez,
Qu'Alphonce voye enfin fes feux recompenfez.

EURINOME.

Grand Prince, puifqu'il faut obéïr à mon Pere,
Malgré les mouvemens d'une jufte colere,
Vous lirez dans mon cœur tout ce qu'il fent pour vous,
Quand vous fçaurez unir l'Amant avec l'Epoux.

ALPHONCE.

Seigneur, dont la bonté me fut toûjours propice,
Recevez de nos cœurs le premier facrifice;
Tout Congo deformais fubira vôtre loy,
J'y vais faire briller l'étendart de la foy;
Mais ce n'eft pas affés, pour arrêter mon zéle,
De vous affujettir ce Royaume infidéle;
Mon courage me porte à des plus hauts projets,
Il faut que mes voifins imitent mes Sujets:
Pour vous faire adorer & fur mer & fur terre,
Je porterai par-tout le défordre & la guerre,
Jufqu'à ce, Grand Dieu, que mes jours foient bornez,
Pour être mis au rang de vos predeftinez.

F I N.